Victoria Prinzessin von Sachsen – Coburg

Ich, ein
SCHWARZER TURMALIN

Ein Roman über den Werdegang und
die Anwendungsmöglichkeiten eines schwarzen Turmalins.

Wichtig, bitte vorher lesen!!!

Dieser Roman beruht auf wahren Begebenheiten und gibt sehr viele Anregungen zur Anwendung dieses wunderbaren einzigartigen Minerals.
Die Autorin und der Verlag übernehmen jedoch keinerlei Haftung jeglicher Art. Nachmachen der Anwendungen nur auf eigene Verantwortung und Gefahr!!!
Bei ernsthaften Erkrankungen oder Beschwerden konsultieren Sie bitte immer Ihren Arzt oder Heilpraktiker.
Der schwarze Turmalin ist ein vielseitiger, nützlicher Helfer und sollte in erster Linie als Mittel zur Aktivierung der Selbstheilungskräfte betrachtet werden.
Wie Sie ihn benutzen, liegt ganz allein in Ihren eigenen Händen, gehen Sie verantwortungsbewusst mit ihm um. Rohsteine besitzen scharfe Kanten, auch können die Steine splittern und Stücke abbrechen. Benutzen Sie daher den schwarzen Turmalin nie auf offenen Wunden!
Ebenfalls ist der Eisengehalt des Steines zu beachten. Mangel wie auch Überschuss können schädlich sein. Näheres dazu im Innenteil dieses Buches.

Viel Spaß beim Lesen und mögen Sie den bestmöglichen Nutzen aus der Lektüre dieser lehrreichen Geschichte eines schwarzen Turmalins ziehen.

Victoria Prinzessin von Sachsen – Coburg

Ich, ein
SCHWARZER TURMALIN

Wittgenstein Verlag

Herausgeber: Wittgenstein Verlag ®

www.wittgenstein-verlag.de

Autor: Victoria Prinzessin von Sachsen – Coburg

Mit freundlicher Unterstützung durch Stefan Rojas von der Firma
Edle Steinewelt, Euro Brasil Import KG, Wielenbach

Druck: Media-Print, Paderborn
2. erweiterte Auflage 2013

ISBN 978-3-944354-11-8

Preis: 4,95 €

Es ist dunkel um mich herum. Ich liege in einem Berg in Brasilien. Tief in mir reift ein intensiver Wunsch mehr und mehr heran. Ich möchte nützlich sein, mein volles Potenzial entfalten können. Ich habe genug geruht, ich möchte jetzt Abenteuer erleben und dabei alles geben, was in mir schlummert. Ich weiß genau, was ich kann, wozu ich fähig bin. Seit jeher gab es diese genaue Vorstellung in mir. Doch warum haben meine Nachbarn und meine Verwandten nicht die gleiche Vorstellung? Von ihnen bekomme ich immer zu hören, ich hätte Höhenflüge und ich solle im Berg bleiben.

Da, wo momentan unser Zuhause ist, besteht unsere Aufgabe darin, das durchsickernde Wasser zu reinigen und zur Normalisierung der Erdatmosphäre beizutragen. Die Informationen, die durch das Wasser zu mir durchdringen, bestärken allerdings meine Vorstellungen, dass ich zu weitaus mehr geschaffen bin.

Das Wasser gibt mir einen kleinen Einblick, was außerhalb dieses Berges auf der Erde geschieht. Es erzählt von menschlichen Wesen, welche eine unglaubliche Macht besitzen, diese jedoch nicht erkennen und sie eher zum Schaden der ganzen Erde statt zu ihrem Nutzen einsetzen. Es gäbe darunter aber auch Menschen, welche sich weiter entwickeln und dadurch erkennen, was sie tun. Diese bemühen sich nun, ihre Kräfte ganz bewusst zum Wohle ALLER einzusetzen, denn es hängen vom Wirken dieser menschlichen Wesen so viele andere Geschöpfe ab wie Pflanzen, Tiere, Mineralien. Das Wohl und Werden unseres gesamten Planeten.

Und ich weiß ganz genau, ich kann helfen, kann dazu beitragen, dass die menschlichen Wesen aufwachen und erkennen. Ich sehe die große, schöne Zukunft genau vor mir:

Eine Welt, wo es keine Lügen gibt.
In der jeder dem anderen hilft, damit alle ihr volles Potenzial entwickeln und ausleben können und sich dadurch noch weiter entwickeln.
Jeder hat irgendwelche besonderen Fähigkeiten, welche er dann optimal zum Wohle aller einsetzt.
Allen, wirklich allen, geht es dadurch gut.

Ein sehr schöner Traum, tief in mir ist er ganz real. Wo kommt er her? Es fühlt sich so an, als würde es diese Welt schon geben. Doch die Informationen des durchsickernden Wassers sagen etwas anderes. Sie erzählen von schrecklichen Dingen und dass wohl alles bald vernichtet werden würde, falls die Spezies Mensch es nicht schafft, aufzuwachen, zu begreifen und die Verantwortung für ihr Tun zu übernehmen. Die Natur wird sie dann einfach auslöschen, mit ihnen natürlich auch viele andere Lebewesen. Denn alles Kranke wird irgendwann ganz von der Erde verschwinden.

Ich weiß, es ist noch nicht zu spät. Deshalb möchte ich jetzt hier raus. Ich möchte den Menschen helfen und dadurch der ganzen Erde und allen Bewohnern unseres Planeten. Ich möchte unbedingt zu einem dieser wenigen, bereits erwachten menschlichen Wesen. Wenn möglich, das wäre mein größter Traum, sollte dieser Mensch die Fähigkeit des Transformierens* besitzen. Damit könnte mein volles Potenzial aktiviert werden. Vom Wasser habe ich gehört, es gäbe solche Menschen, die das Potenzial / die besonderen Fähigkeiten von anderen aktivieren könnten.

Die Sonne kann auch sehr viel, kann aber nicht alle meine besonderen Fähigkeiten beleben. Dazu bedarf es dieser speziellen Menschen, welche so transformierend mit der reinen Urenergie arbeiten. Genau dahin möchte ich, ich weiß, dann kann ich noch viel mehr bewirken.

Diesen Traum träume ich nun schon sehr lange, mein intensives Verlangen zum Helfen ist schon überreif. Doch bis jetzt hat sich noch nicht viel getan.

*Transformieren = Umwandeln; *in Richtung Weiterentwicklung Harmonie herstellen; Unbewusstes bewusst machen – dadurch auflösen; Blockaden auflösen; nicht speichern – sondern Transformieren, also umwandeln, um eine Weiterentwicklung zu ermöglichen.*

Plötzlich wird es sehr laut, ich glaube es geht los, es ist soweit. Ich werde abgebaut und abgeholt.
Viele Hände trennen mich vom Muttergestein. Ich werde zerteilt. Es ist seltsam, ich bin nicht mehr ein Ganzes, fühle mich aber trotz vieler Einzelteile wiederum als Ganzes. Ich fühle mich auch nicht zerbrochen, sondern eher vervielfältigt. Ich kann jetzt gleichzeitig an verschiedenen Stellen sein. Noch liegen alle Teile meines ehemaligen großen Ganzen nah beieinander. Jetzt werde ich in Container verladen und auf ein großes Schiff gebracht. Zusammen mit meinen vielen Teilen, die aus mir geworden sind, geht meine Reise übers Meer nach Europa, wie ich höre. Ein großes Abenteuer beginnt!
Dann, an meinem neuen Ort eingetroffen, kann ich dem Gespräch zweier menschlicher Wesen lauschen.

Diese soeben aus Brasilien eingetroffenen Turmalin-Rohkristalle - damit bin wohl ich gemeint - sollen alle hinten in das Regal geräumt werden. Nächste Woche würde eine Kundin kommen, welche genau danach gefragt hätte.
Alle meine Teile werden in dieses Regal gelegt, schön und liebevoll präsentiert. Sogar die abgefallenen Krümel und das Pulver werden feinsäuberlich eingesammelt, in zwei Tüten verteilt und zu meinen größeren Teilen gelegt. In jedem einzelnen Krümel habe ich ein volles Bewusstsein. Es ist, als könnte ich so viele Leben gleichzeitig erleben. Jetzt muss ich nur noch in die richtigen Hände gelangen, damit ich wirklich meine vollen Kräfte entfalten und wirken kann. Wenn ich Glück habe, könnten sich meine kühnsten Träume verwirklichen.
Wer ist diese Kundin? Welches Interesse hat sie an mir? Ist sie nur eine Zwischenstation oder gar eines dieser menschlichen Wesen, zu denen ich gerne hin möchte?
Ich muss mich wohl noch etwas gedulden.

Jetzt schaue ich mich erst einmal hier um. Ich liege in einer großen Halle mit ganz vielen anderen Steinen. Den meisten geht es wie mir, sie sind neu eingetroffen und warten auf ihre neuen Besitzer und ihre Bestimmungen, damit sie ihre Wirkung optimal entfalten können.

Genialerweise oder wie gerufen, erscheint gerade ein neugieriger Kunde. Der Mitarbeiter erklärt ihm geduldig, dass das hier alles Heil- und Edelsteine seien und daher auch ihren Preis hätten. Der Kunde kann nämlich nicht verstehen, warum diese Steine so wertvoll sind. Der Mitarbeiter erläutert ihm, diese Mineralien würden zu Schmuck weiterverarbeitet oder nach ihrer Aktivierung zum Heilen verwendet.

Für jeden der verschiedenen Arten von uns gibt es auch größere Repräsentationsstücke, welche in den Regalen ganz oben stehen und uns erklären, wo wir hier sind. Sie sind schon lange da und dienen mehr oder weniger als markante Werbung für uns. Nebenbei verbessern sie auch die Atmosphäre im Lagerraum.
Oh je, das ist ja sehr langweilig, nichts für mich. Aber diese Repräsentationsstücke scheinen mit ihrer Aufgabe zufrieden zu sein. Sie freuen sich, wenn ihre Verwandten in die richtigen Hände, je nach deren innerer Einstellung, gelangen.

Sie erzählen uns, dass wir hier bei einem sehr bekannten Großhändler sind. Entweder kommen die Kunden direkt hierher und wählen uns vor Ort aus oder wir werden auf Bestellung eingepackt und versendet.

Ich frage, was dann mit uns geschehe?
Ja, das sei sehr unterschiedlich. Sie selbst hätten es noch nicht direkt erlebt. Aber in den vielen Jahren, wo sie schon hier seien, erfahre man sehr viel und meist hänge der Wer-

degang der jeweiligen Steine von deren inneren Einstellung ab. Was sie nämlich wollten, welchen Zweck sie gerne erfüllen möchten. Die meisten möchten wie ich helfen und dadurch zur Weiterentwicklung der gesamten Erde beitragen.
Viele andere möchten gerne bewundert werden. Diese werden dann meist zu Schmuck verarbeitet, wobei sie dafür einiges auf sich nehmen müssen und nicht zimperlich sein dürfen.
Andere wiederum haben so gar keine Vorstellung und inneren Wünsche. Geben sich lieber dem Tratsch und Klatsch hin. Unterhalten sich ständig über diese ganzen negativen Dinge, regen sich darüber auf und sind fast nur mit Schimpfen und sich Beschweren beschäftigt. Oder entwickeln eine starke Angst vor diesen Dingen und müssen dadurch auch oft alles mit sich geschehen lassen. Es wird gemunkelt von Bestrahlungen, Wachsen, chemischem Stabilisieren und sonstigen schlimmen Behandlungen.

Nein, so etwas möchte ich nicht!!!

Ich frage die großen Repräsentationsstücke, die mir wie große Weise vorkommen, ob mir auch so schlimme Sachen geschehen können.

Sie verneinen und erklären mir, dass alles von der eigenen inneren Einstellung und dem ausdauernden intensiven Verlangen abhängig sei. Ich solle mich nur darauf konzentrieren, was ich möchte, und dazu ein intensives Verlangen darauf entwickeln (was ich ja bereits habe) und dies alles in stetiger Ausdauer tun. Fest entschlossen, sich auf das zu konzentrieren, was man möchte. Dies sei die große Kunst. Dabei aber auch immer wieder loslassen, das Leben fließen lassen und bewusst im Hier und Jetzt leben.

Ich muss jetzt aber doch fragen, warum andere dann solch schlimme Dinge wie chemische Stabilisierung oder sonstiges erleben? Das wünscht sich doch nun wirklich niemand von uns.

Ja, wünschen nicht, aber je nachdem, was man denkt und tut, zieht man es an. Da ich dies nicht verstehe, erklären sie es mir anhand eines Beispiels:

"Vor einigen Wochen kam ein sehr schöner schwarzer Turmalin ganz neu hier an und verbreitete mit seinen Horrorgeschichten, welche er zudem nicht einmal selbst erlebt, sondern nur gehört hatte, hier in der ganzen Aufbewahrungshalle Angst und Schrecken. Wir, die alten Repräsentationsstücke, hatten große Mühe, diese schlechten Schwingungen zu reduzieren, damit nicht allen Neulingen zu viel Angst eingejagt wurde.

Dieser schöne Stein erzählte uns, er habe kurz vor seinem Transport hierher neben einem anderen schwarzen Turmalin gestanden, welcher ihm das erzählt habe. Dieser Stein hatte seinen Platz für längere Zeit direkt vor dem Fernseher des Minenbesitzers in dessen Wohnzimmer. Von da aus konnte er alle Fernsehsendungen verfolgen, welche sich der Besitzer ansah und woraus er dann seine Informationen bezog. Einmal sah er ein sehr ausführliches Video über die vielen verschiedenen Bearbeitungsmöglichkeiten der Edelsteine. Da wird zur Steigerung der Schönheit und zur Werterhöhung lackiert, bestrahlt, gewachst, chemisch stabilisiert usw. Beim Zusehen spürte er die Emotionen der behandelten Steine, als würde er alles selbst durchleiden. Seither kann er an nichts anderes mehr denken und hat nur noch fürchterliche Angst vor diesen Behandlungen.

Kurze Zeit später wurden beide Steine wieder voneinander getrennt. Wohin der Stein mit der Fernseherfahrung ging, wusste der schöne Stein nicht, er jedenfalls wurde hierher geschickt. Jetzt möchte er alle anderen aufklären und informieren.

Vergebens haben wir ihm erklärt, er solle sich nicht so in diese negativen Dinge verbeißen. Denn das, was er tat, war ein regelrechtes Verbeißen. Er hat nur noch in der Absicht über dieses Thema gesprochen, alle anderen auch an diese negativen Dinge zu fesseln. Wir haben versucht, ihm die Gesetze der Anziehung zu erklären. Nämlich, dass er das anzieht, mit was er sich ständig beschäftigt. Auch wenn er dagegen ist und dass es diesbezüglich noch eine Verstärkung gibt, wenn er Gleichgesinnte findet. Es ist immer besser, für etwas, als gegen etwas zu sein. Denn ist man zum Beispiel für eine spezielle Sache und man beschäftigt sich ausgiebig damit, zieht man diese auch an. Für eine Sache ist man ja nur, wenn man dies gut findet, also zieht man die guten bzw. positiven Dinge an. Genauso funktioniert das allerdings auch bei den negativen Dingen. Wenn man also gegen etwas oder gegen eine spezielle Sache ist und sich damit intensiv beschäftigt, zieht man diese negativen Dinge an. Jeder, der sich davon anstecken lässt und ebenfalls diesen negativen Gedanken nachsinnt, zieht diese dann auch an. Wenn dies noch in schöner Harmonie mit Gleichgesinnten geschieht, ergibt sich daraus noch eine zusätzliche Verstärkung. Das heißt im Klartext, er wird genau das erleben, wovor er Angst hat.

Durch unsere Erläuterungen konnten wir viele der anwesenden Steine dazu bewegen, sich wieder den positiven Dingen zuzuwenden. Doch einige haben sich anstecken lassen oder bekamen davor solche Angst, dass sie an nichts anderes, als eben diese negativen Dinge, denken konnten. Da sahen wir keine andere Möglichkeit mehr, als den Dingen ihren Lauf zu lassen.

Kurze Zeit später bekam unser Großhandel eine Bestellung per Internet. Wir alle haben nicht schlecht gestaunt, denn für diese Bestellung wurden der wunderschöne schwarze Turmalin und alle anderen mit diesen negativen Emotionen, wozu auch die Angst gehört, ausgewählt.

Während die Ware zum Versand fertig gemacht wurde, konnten wir der Unterhaltung der beiden Angestellten des Großhandels lauschen. Sie vermuteten, dass der Käufer wohl alle Steine auf die verschiedensten unangenehmsten Arten behandeln werde, hauptsächlich um deren Wert drastisch zu erhöhen. Eigentlich sei es dem Besitzer dieses Großhandels gar nicht recht, seine Steine dahin weiterzuverkaufen. Aber er müsse ja auch leben und außerdem wisse er um die Gesetze der Anziehung. Nichts geschieht, ohne dass vorher dafür die Ursache gesetzt wurde. Sollten dies die Steine selbst angezogen haben??? Schließlich geschieht nichts ohne Grund. Alles im gesamten Universum hat seinen Sinn und ist im Endeffekt nur das Resultat des bisherigen Erzeugten."

Jetzt habe ich es verstanden. Dann habe ich ja bis jetzt automatisch oder besser intuitiv alles richtig gemacht? Doch warum bekommt man das nicht gelehrt??? Ich habe Glück gehabt, noch nicht vorher dagewesen zu sein. Wer weiß, man wird doch schnell angesteckt oder lässt sich zumindest Angst einjagen. Da muss man schon sehr stark sein oder solch weise Ratgeber, wie diese Repräsentationsstücke, im Umfeld haben. Wenn man diese Gesetze der Anziehung von klein auf gelehrt bekommen würde, dann dürften doch viele dieser negativen Dinge gar nicht erst geschehen? Jetzt wird mir plötzlich vieles klar, auch warum ich diese andere schöne Vorstellung von dieser Welt habe. Es ist alles nur Unwissenheit!!! Daher auch mein intensiver Wunsch zu helfen. Doch jetzt weiß ich auch noch wie! Oh, wie bin ich diesen weisen Ratgebern für ihre Aufklärung dankbar. Jetzt möchte ich in die Welt, möchte helfen! Jetzt möchte ich zur Aufklärung beitragen. Jetzt möchte ich…!!! Ich brenne innerlich regelrecht danach.

Wie angekündigt, kommt eine Woche später die Kundin, welche sich nach mir erkundigt hatte. Ich spüre sofort, dass sie es ist. Ein Mitarbeiter bringt sie zu mir zum Regal, zeigt auf mich, gibt ihr noch einen leeren Karton für die Ware und widmet sich dann wieder seiner Arbeit. Während die Kundin mich betrachtet, spüre ich genau, welche Steine sie sucht. Sie sollen in erster Linie die Wasserqualität aufwerten, so wie die Turmaline, die sie bereits zu Hause hat, die Raumluft verbessern und Negativität transformieren. Alles, was ich kann und machen möchte. Bitte nimm mich mit!
Doch jetzt schaut sie begehrlich nach den großen Repräsentationsstücken. Als wollte sie ausrufen, die sind ja schön! Ich höre, wie die Steine zu ihr sagen: "Nein, wir wollen hier bleiben, denn wir werden hier dringender gebraucht. Nimm die Steine unter uns, die sind genau die Richtigen!"
Als hätte sie es gehört schaut sie wieder zu mir. Sie betrachtet mich ausgiebig, nimmt mich in die Hand und legt mich wieder zurück. Ich bin viel zu aufgeregt, daher kann ich nicht verstehen, was sie gerade denkt. Jetzt wendet sie sich sogar ab von mir. Ich bin ganz traurig. Wie? Was? Warum werde ich nicht mitgenommen?
Die großen weisen Steine versuchen mich zu beruhigen. Ich solle nur etwas Geduld haben. Hoffnungsvoll schaue ich ihr hinterher und sehe, wie diese interessierte Kundin langsam durch die Halle geht. Alles wird in Ruhe betrachtet, manches nimmt sie in die Hand und legt es auch wieder zurück. Die Zeit scheint mir unendlich langsam zu verstreichen.

Doch jetzt kommt die Kundin tatsächlich wieder zu mir zurück. Alle meine Teile packt sie in den leeren Karton ein, auch die beiden Tüten. Die großen Steine rufen mir noch "Viel Glück" zu und wir verlassen die Halle.
An der Kasse werde ich noch gewogen und nach der Bezahlung komme ich in den Kofferraum eines Autos. Aber halt, plötzlich wird der Kofferraum nochmals geöffnet und drei kleinere Exemplare von mir ausgesucht und mitgenommen. Es geht nach vorn ins Auto. Da sitzt noch eine andere Frau und ich erfahre, dass ich – also diese drei Exemplare von mir – zu dieser Dame kommen sollen.

Zuerst aber werde ich aktiviert. Oh, das ist ein sehr schönes Gefühl. Ich liege in den Händen der Kundin und spüre wie mich eine angenehme, warme Energie durchströmt. Alle meine einzelnen "Zellen" und "Poren" öffnen sich. Darauf habe ich ja schon so lange gewartet. Ich hätte nicht im Traum daran gedacht, was das für ein unbeschreiblich schönes Gefühl sein kann. Tatsächlich wird dabei mein ganzes Potenzial aktiviert, ich schwebe auf Wolke sieben.
Nun erfahre ich, dass ich hauptsächlich die Funktion der Wasserverbesserung habe. Ein Exemplar wird gleich in die mit Wasser gefüllte Trinkflasche der anderen Dame gelegt. Sofort beginne ich mit meiner Arbeit. Meine beiden anderen Teile werden sanft in eine Handtasche gesteckt. Sie sollen am Ankunftsziel zur Anwendung kommen. Ich bin gespannt. Die Dame fragt noch, wann ihr Wasser in der Flasche zum Trinken gut wäre? Sie solle etwas warten,

circa 30 Minuten. Ja genau, das ist die Zeit welche ich brauche. Hurra, mein Abenteuer kann beginnen, ich bin neugierig, was ich alles erleben werde.
Ich höre auch, wie die beiden Frauen sich unterhalten und von Granulat und Pulver die Rede ist, welches aber erst noch hergestellt werden müsste und später zu ihr gebracht würde.
Zu Hause bei der Freundin der Käuferin angekommen, werde ich behutsam aus der Handtasche genommen. Ein Stein von mir kommt in einen großen Glaskrug und dieser wird mit Wasser aufgefüllt. Den anderen Familienmitgliedern wird angeordnet, ab sofort nur noch Wasser aus diesem Krug zu trinken, da alle an Eisenmangel leiden und ich Eisen enthalte. Des Weiteren würde ich das Trinkwasser optimal verbessern. Das stimmt alles genau, worauf ich sehr stolz bin. Ich enthalte außer Eisen natürlich noch mehr Mineralien wie zum Beispiel Magnesium. Doch da speichert der menschliche Körper den Überschuss nicht. Beim Eisen ist das anders, da ist Mangel wie auch Überschuss schädlich. Bei Mangel gehöre ich direkt ins Wasser, bei Überschuss kann man mich danebenlegen, immer in Kontakt mit dem Gefäß. Ob das den Menschen bekannt ist? Beides funktioniert gleichermaßen.

Der andere Stein von mir kommt in die Küche. Dem Koch wird aufgetragen, ab sofort immer diesen Stein zu benutzen, bevor er das Leitungswasser verwendet. Er solle, zum Beispiel, bevor er das Kochwasser für die Kartoffeln oder Nudeln aufsetzt, den Stein vorher für circa 30 Minuten ins Wasser legen, dann herausnehmen und anschließend erst das Wasser erhitzen. Auch das Wasser für die Kaffeemaschine solle vorher so behandelt werden. Wunderbar, ich freue mich richtig auf meine neuen Aufgaben, das Leitungswasser vor seiner Verwendung in der Küche aufzuwerten.

Zur gleichen Zeit komme ich zu Hause bei diesem menschlichen Wesen an, welches mich gekauft hat.
Was jetzt folgt, ist eine wunderbare Zeit der Experimente. Ich erlebe gleichzeitig so viele Dinge, wie ich sie mir schöner gar nicht hätte erträumen können.
Als erstes kommen drei kleine Exemplare von mir, noch nicht aktiviert, also so, wie sie mich mitgebracht hat, in drei verschiedene Gefäße mit Leitungswasser. Diese Gefäße sind aus Glas, Plastik und ein Kochtopf aus Edelstahl. Naja, also das bringt ja nun wohl gar nichts, was soll das? Alle anderen Exemplare von mir kommen in eine große Glasschale und werden zuerst einmal aktiviert. Ich spüre wieder diese wunderbare, alles öffnende Energie durch jede Pore von mir strömen. Ein unglaublich schönes Gefühl. Dann werden davon einige bereits leicht brüchige Stücke ausgewählt. Diese kommen in eine separate Glasschale und es wird Wasser hinzugefügt. Jetzt beginnt ein sehr schönes Erlebnis für mich. Ich werde liebevoll gewaschen, gedrückt, gestreichelt, dabei sanft gebrochen und so weiter. Ich zerfalle so in sehr viele Einzelteile mit jeweils eigenem Bewusstsein und dies alles im Beisein dieser wunderbaren Energie, welche alle meine "Zellen" durchströmt und öffnet. Noch nie habe ich ein schöneres Gefühl erlebt. Diese traumhaft schöne Behandlung, einzig und allein mit diesen liebevollen Händen, dauert mindestens eine Stunde an. Zwischendrin wird immer wieder mal ein größerer Stein von mir, welcher stabil bleibt, aussortiert. Diese kommen in eine extra Schüssel, worin sich zum Schluss die ganzen großen Stücke von mir befinden. Dabei spüre ich noch immer, wie mich dieses unbeschreiblich traumhafte Gefühl durchströmt. Dies hält noch sehr lange an, obwohl mich diese wunderbaren Hände nicht mehr berühren.

In eine weitere Glasschüssel kommen jetzt kleinere Stücke von mir. Natürlich auch mit diesem unbeschreiblich schönen, nachwirkenden Gefühl. Ich bin in jedem meiner Ein-

zelteile wie benommen, wie im Rausch oder im siebten Himmel schwebend, oder alles gleichzeitig. Was kann es noch Schöneres geben?
Auch den kleinen Splittern und Körnern von mir geht es so, welche sich noch in der ersten Schüssel mit dem Wasser befinden.

Oh je, jetzt sehe ich, ich habe diese wunderbaren Hände mit meinen scharfen Kanten verletzt und sie bluten. Ich bin untröstlich und leicht verzweifelt. Das wollte ich auf gar keinen Fall. Wie konnte dies geschehen? Ich habe es gar nicht bemerkt. Aber das scheint dieses menschliche Wesen nicht weiter zu stören. Es gibt sich selbst etwas von dieser traumhaften Energie auf die verletzten Stellen. So wird dies wohl wieder ganz schnell verheilen.

Nun wird das Wasser abgegossen. Aber nicht etwa weggeschüttet, sondern es kommt in ein separates Gefäß. Dieses Wasser bekommen dann die Pflanzen des Hauses zu trinken. Die Glasschale mit den Splittern und Körnern wird für einige Tage im Raum aufgestellt, bis der Inhalt trocken ist. Dadurch verbessere ich jetzt gleichzeitig die Raumluft. Ob die Menschen das überhaupt spüren? Es riecht ja jetzt hier wie am Meer oder an einem Wasserfall. Fantastisch!

Aber die Frau des Hauses kümmert sich jetzt erst mal um die drei noch nicht aktivierten Steine von mir. Jetzt wird das Wasser getestet. Nichts, keine Verbesserung (Habe ich ja vorher schon gewusst, das bringt doch nichts). Das Wasser zeigt keine empfehlenswerte Trinkqualität an, obwohl bereits mehrere Stunden vergangen sind. Die nicht aktivierten Steine werden herausgenommen und separat gelegt. Ich komme in eine sogenannte Warteposition für weitere Tests mit mir in nicht aktivierten Zustand, wie ich erfahre einfach nur zur Kontrolle. In die drei Gefäße werden jetzt je ein aktiviertes Exemplar von mir gelegt. Ja, jetzt kann ich zeigen, was ich kann. Es stellt sich heraus, dass das Wasser im Kochtopf, also das Gefäß aus Edelstahl, bereits nach zehn Minuten eine optimale Wasserqualität aufweist. Das Wasser im Glas und auch im Plastikgefäß brauchte dagegen mindestens 30 Minuten. Ich werde in allen drei Gefäßen liegen gelassen, um zu kontrollieren, ob sich etwas ändert, wenn ich länger drin bleibe. Das kann ich jetzt aber schon vorweg nehmen, es ändert sich nichts. Das Wasser bleibt in dieser optimalen Qualität, sollte dann aber auch benutzt werden. Da möchte ich jetzt gleich eine ganz wichtige Anmerkung zur Verwendung machen.

Sollte das Wasser getrunken werden, ist zu beachten:

1. Sehr empfindsame Menschen sollten dieses Wasser durch einen Kaffeefilter oder Ähnliches gießen, bevor sie es verwenden. Es könnten kleine Teile von mir drin sein, welche nicht jeder verträgt.
2. Menschen mit Eisenüberschuss in ihrem Körper sollten mich lieber nebenan legen, aber mit Kontakt zum jeweiligen Gefäß. Die Zeit, welche ich zur Verbesserung benötige, bleibt die gleiche wie im Wasser. Eisenmangel, sowie auch Eisenüberschuss im menschlichen Körper sind schädlich und ich enthalte Eisen!

Auf oder neben die Flasche legen.

Zurück zu meiner anderen Arbeit, wo ich mich gerade mit der Verbesserung der Raumluft befasse. Durch die Verdunstung des Wassers wird die umgebende Luft optimal aufgewertet. Man könnte es mit einem eben niedergegangen, reinigenden Gewitter vergleichen. Genauso fühlt sich auch die Luft an einem Wasserfall oder am Meer (will man nur diesen Effekt, könnte man noch etwas Meersalz dazugeben) an. Auch die anderen beiden Glasschüsseln mit den großen und kleinen Stücken von mir tragen zur Luftverbesserung bei und werden offen in den Räumen des Hauses aufgestellt. Ich brauche dazu nicht unbedingt Wasser, um die Luft der Räume aufzuwerten. Überall wo ich jetzt offen stehe, egal ob nass oder trocken, verbessere ich erst einmal die Luft, und fühle ich mich gleichzeitig auch richtig wohl und vor allem nützlich.

Nach einigen Tagen - das Wasser aus der Schale mit den kleinsten Teilchen ist verdunstet - werde ich wieder in die Küche gebracht. Jetzt bekomme ich nochmals eine einzigartige Behandlung, welche ich in diesen vielen Einzelteilen gleichzeitig spüre. Einfach unbeschreiblich schön!

Die gleichen liebevollen Hände, nun bereits wieder verheilt, zerreiben mich sanft und lassen mich einfach nur durch sie rieseln. Ich werde gerührt, gedrückt, sanft aneinander gerieben, zerfalle nochmals und potenziere mich dadurch wieder. Jeder kleine Krümel von mir wird mit dieser unglaublich schönen Energie durchströmt. Für mich kann das gar nicht lang genug dauern. Jetzt bin ich wirklich nur noch Granulat und Pulver. Aber mit so viel Bewusstsein! Was ich da alles gleichzeitig erleben kann, das sind ja traumhafte Aussichten. Oh ist das schön!
Nun geht es durch ein Sieb. Das Pulver kommt in eine leere Glasschale und das Granulat - also alles, was nicht durch das Sieb passt - kommt in eine andere Glasschale.

Jetzt lausche ich einem Telefongespräch, in dem erklärt wird, das Pulver und das Granulat seien fertig und würden morgen vorbeigebracht. Aus beiden Schalen wird eine gewisse Menge entnommen und in schöne Papiertüten verpackt. Dann werden noch einige von den größeren Stücken von mir dazugelegt.
Am nächsten Tag geht es wieder mit dem Auto auf Reisen. Ich werde zu der Dame gebracht, welche ich bereits bei meiner ersten Autofahrt kennengelernt habe.

Bei ihr zu Hause sind alle Familienmitglieder versammelt und neugierig, was man alles mit mir machen kann. Jetzt wird lustig mit mir drauflos experimentiert. Das finde ich sehr interessant und aufregend.
Zuerst wird das Granulat verteilt:

1. In den prachtvollen Zimmerbrunnen, welcher im Wohnzimmer steht und drei Etagen hat. Das ist genial, da fühle ich mich richtig wohl. Ich komme in jede Etage des Brun-

nens und das Wasser fließt angenehm an mir vorüber. Dabei kann ich optimal wirken.

2. In Glasschalen verteilt, die in den übrigen Räumen aufgestellt sind. Je nachdem, ob die Luft dort feucht oder trocken ist, mit oder ohne Wasserzusatz.

3. In die Gießkanne für die Zimmerpflanzen, welche immer mit Wasser gefüllt ist. Sehr schön, jetzt habe ich als Granulat jede Menge Aufgaben bekommen, welche ich natürlich mit Bravour erledigen werde.

Die gute Nase einer Anwesenden spürt nach einer halben Stunde doch auch wirklich die Veränderung der Raumluft, was mich wohltuend bestätigt. Sie sagt, sie kann jetzt besser atmen, fühlt sich fitter und die Luft würde gesünder riechen. Wie nach einem reinigenden Regenguss.

Nun geht es ans Pulver. Da wird jetzt mit Pflaster und Creme experimentiert. Dazu muss ich sagen: In der Creme fühle ich mich richtig wohl, bei dem Pflaster kann ich mich allerdings nicht sofort mit dem Klebstoff anfreunden. Aber vielleicht wird das noch. Arbeiten und wirken kann ich auf jeden Fall in beiden. Die Anwesenden kleben sich jetzt leicht ablösbare Pflaster auf oder streichen etwas Creme auf ihre Problemzonen. Für die Pflaster wurde einfach das Pulver auf einen Teller verteilt und mit dem Pflaster aufgenommen. Für die Creme wurde eine normale Tagescreme der jeweiligen Familienmitglieder benutzt und davon etwas in ein separates Gefäß getan. Dazu kamen einige Krümel meines Pulvers, alles wurde miteinander verrührt und etwas stehen gelassen.
Die Ergebnisse dieses Tests sind beeindruckend: egal ob Pflaster oder Creme – die Durchblutung wird angeregt!

Kalte Hände und Füße werden plötzlich warm. Blockaden, welche durch Anspannung entstanden sind, lösen sich schnell auf. Undefinierbarer Husten verschwindet plötzlich. Einmal wird die Stelle mit dem Pflaster ganz heiß und die Schmerzen an dieser Stelle werden gelindert.
Später komme ich auch noch ins Badewasser. Da kann ich zeigen, wie ich den Kreislauf auf Vordermann bringe. Allerdings ist da ein vorheriges Testen als Fußbad oder Teilbad empfehlenswert. Diese Wirkung kann nämlich sehr stark sein. Je nach eigenem Gesundheitszustand empfehle ich hier erst einmal vorsichtig auf meine Verträglichkeit zu testen.
Mein Pulver wirkt durch die Potenzierung sehr stark und ist nicht zu unterschätzen!!!

Auch das Pulver in der Creme sollte nicht unterschätzt werden. Ideal ist auch eine Anwendung als Peeling, zur

Reinigung oder Anregung der Durchblutung. Die Haut bekommt schnell eine gesunde Farbe. Ich wirke aber auch austrocknend bei starkem und längerem Gebrauch. Was für fettige Haut sehr nützlich, jedoch für empfindliche Haut ungeeignet ist. Bei Anwendungen im Gesicht mit mir bitte Vorsicht walten lassen und mich nicht für die empfindliche Haut, speziell um die Augen benutzen. Dagegen wurde eine positive Reaktion bei Hautekzemen festgestellt, die plötzlich verschwanden. Aber auch hier sollte man mich erst einmal vorsichtig testen und mich nicht auf offene Wunden auftragen! Die Wirkung ist nicht bei jedem Menschen gleich, sie hängt von der Ursache und der Verträglichkeit ab. Hautunreinheiten wie zum Beispiel Pickel oder Ähnliches können ebenfalls durch mich verschwinden.
Dann wurde auch noch ein Experiment mit Öl gemacht. Ich kam als Pulver in normales kaltgepresstes Bio-Sonnenblumenöl, wurde verrührt und eine halbe Stunde stehen gelassen. Dann wurde ich mit diesem Öl als Ölziehkur auf die Kopfhaut aufgetragen. Ich muss sagen, da kann ich auch sehr gut und spürbar wirken.

Sehr oft und viel werde ich jetzt zum Baden benutzt. Dabei ist es egal, ob ich als Pulver direkt ins Badewasser hinein gestreut, als Pulver oder Granulat in einem Säckchen reingehängt oder als Stein hineingelegt und vor dem Baden herausgenommen werde. Bei neuen Badewannen und auch zum Schonen sind eher die beiden letzteren Anwendungen zu empfehlen. Granulat sollte dabei nur im Säckchen verwendet werden, es kann den Abfluss verstopfen!
Jeder, der dies einmal probiert und seine richtige Dosis dazu gefunden hat, benutzt mich seither immer wieder gern zum Baden. Die Menschen werden regelrecht süchtig danach. Sie sagen, das Wasser fühle sich so leicht an und auch irgendwie prickelnd, einfach ein Genuss.

Nur, was ich überhaupt nicht verstehe: Warum haben die Menschen so kurze Badewannen? Da kann ich auch gar nicht gleichzeitig überall wirken, nur bei den Kleineren, die ganz in die Wanne hinein passen. Bei den Größeren schauen immer einige Körperteile aus der Wanne heraus. Sie können meine Behandlung nie so perfekt wie die kleinen Menschen genießen. Die Großen wissen gar nicht, was sie da verpassen.
Es wird gesagt, baden mit mir **reinige den Geist, bringe neue Ideen, inspiriere und mache gute Laune.** Auch beim Auflegen und Tragen meiner Steine werden diese Wirkungen nachgesagt.

Heute erfahre ich den ausschlaggebenden Grund, weshalb ich gekauft worden bin. Wieder einmal werden verschiedene Stücke von mir sowie Pulver und Granulat eingepackt und ich werde zu einer sympathischen jungen Frau gebracht. Dieses menschliche Wesen hat herausgefunden, dass irgendetwas mit dem Leitungswasser nicht in Ordnung ist. Obwohl laut den Messungen von offiziellen Stellen das Wasser dieser gesamten Gegend eine sehr gute Trinkqualität hat.
Diese junge Frau trinkt gern einmal einen Schluck Leitungswasser, was ja Trinkwasser ist und ihr auch immer gut bekommen ist. Seit einigen Monaten jedoch bekam sie immer nach dem Genuss dieses Schlucks Wasser heftige Bauchschmerzen. Die zwar nie lange anhielten und auch relativ schnell wieder verschwanden, doch schon merkwürdig waren. Daher hat sie ihre Freundin, meine Kundin, gebeten, doch mal das Leitungswasser zu testen. Außerdem hat ihr Liebling, eine Wohnungskatze, genau seit dieser Zeit eine undefinierbare Allergie. Die Katze trinkt auch ausschließlich dieses Leitungswasser. Beim Testen stellte

sich heraus, dass das Leitungswasser nicht in Ordnung war. Es wurde versucht herauszufinden, an was es liegen könnte. Vielleicht die Leitungen im Haus? Nein, es betraf das Wasser der gesamten Gegend. Laut offiziellen Stellen sei aber alles in Ordnung. Also wurde versucht, herauszufinden, was man tun könne, um wieder eine bessere Trinkwasserqualität – für diesen speziellen Test – zu erzielen. Das Wasser wurde abgekocht, aber dies ergab auch keine Verbesserung. Mehr oder weniger durch Zufall wurde dann das Wasser in einem Glaskrug getestet, in dem ein schwarzer Turmalin lag. Diesen hatte die sympathische junge Frau schon vor Jahren von ihrer Freundin bekommen. Um damit auf natürliche Weise ihren Eisenmangel auszugleichen. Normalerweise trinkt sie auch nur dieses Wasser, aber eben ab und zu auch mal direkt einen Schluck frisch aus dem Wasserhahn.
Das Wasser in diesem Glaskrug war gut!
Ja, konnte das vielleicht an dem schwarzen Turmalin liegen? Das musste man gleich kontrollieren. Es wurde ein Glas mit Leitungswasser gefüllt und der Stein aus dem Krug hineingelegt. Alle paar Minuten wurde getestet, ob sich der Wasserzustand änderte. Erst nach 30 Minuten zeigte das Wasser eine optimale Trinkqualität an. Die junge Frau nahm gleich einen Schluck, um zu spüren ob sie davon Bauchschmerzen bekam. Nein, die Beschwerden blieben weg.
Also brauchte sie noch einige schwarze Turmaline und diese musste ihre Freundin erst neu besorgen. Deshalb kam sie zu dem Großhändler und wählte mich ganz gezielt aus. Ich werde sie auch nicht enttäuschen, ich besitze die gleichen Qualitäten wie ihre vorherigen Steine, meine Verwandten. So kann ich wirklich nützlich sein, wie ich es in meinen kühnsten Träumen gewünscht habe.

Die sympathische junge Frau hat mich schon sehnsüchtig erwartet. Ein Stein von mir kommt sofort in die Trinkschale ihrer Katze. Ein weiterer in ihren Kaffeeautomaten, direkt in den Wasserbehälter. Ja, das geht auch, da erlebe ich jetzt wie es sich in einem Kaffeeautomaten wohnen lässt. Mehrmals täglich wird die Maschine benutzt und dank mir mit einer ausgezeichneten Wasserqualität für den Kaffee.

Die Allergie der Katze, ein undefinierbarer Ausschlag am Rücken, verschwand auch nach nur ein paar Tagen und ist seither nicht wieder gekommen.

Jetzt habe ich auch Fernseh- und sogar Computererfahrung. Nicht nur, dass viele Menschen meine größeren Stücke zur Strahlungsverhinderung oder Neutralisierung zum Computer oder Fernseher stellen, nein, ich werde auch während des Fernsehschauens benutzt. Viele Menschen benutzen dabei gerade meine kleineren Stücke zum direkten Auflegen auf die Haut. Da liegen oft mehrere kleine Stücke von mir auf einem Teller, einer Glasschale oder Untersetzer. Meist auf den Tisch vor dem Fernseher, in greifbarer Nähe zur Couch oder dem Fernsehsessel. Da geht es dann sehr oft mit dem größten dieser Stücke von mir los und dieser Stein wird auf die Stirn oder eine schmerzende Stelle (direkter Hautkontakt) gelegt. Zum besseren Verständnis beschreibe ich jetzt einmal drei Anwendungen während des Fernsehens, wie ich sie regelmäßig erlebe.

1. Beispiel eine Anwendung mit nur einem Stein:
Eine junge Frau legt sich immer einen größeren Stein von mir auf ihre Stirn. Dabei schaut sie sich ihre Sendung im Fernsehen an. Ich versuche die Anspannungen in ihrem Körper zu lösen und alles in Harmonie zu bringen. Sobald ich eine hartnäckige Blockade feststelle, zeige ich es an. Sie merkt dies entweder durch einen ganz leichten Schmerz, ein dumpfes Gefühl oder durch andere Empfindungen. Dann nimmt sie mich von der Stirn und legt mich auf die Stelle, direkt auf die Haut, die es gerade anzeigt. Da kann ich dann meist nicht mehr nebenbei Fernsehschauen, weil mich die Kleidung dieser Frau verdeckt. Oft legt sie mich auch an ihren Nacken und legt sich dann auf ihr Kissen. Von da hinten sehe ich auch nichts mehr. Aber das ist nicht so schlimm, denn ich kann ganz viel bewirken und das ist viel wichtiger.

2. Beispiel eine Anwendung mit mehreren Steinen:
Ein junger Mann hat immer ganz viele Exemplare von mir parat liegen. Diese verteilt er dann auf seine Problemstellen, sobald er seine bequeme Fernsehhaltung eingenommen hat. Da komme ich auf die Stirn, auf den Kopf, auf die Schilddrüse, aufs Herz, in den Nacken und zwei längliche Stücke von mir steckt er sich ganz leicht in die Ohren. Da wirke ich dann an allen Stellen gleichzeitig, mit hervorragender Wirkung. Er scheint diese Anwendung zu lieben, denn dies tut er jeden Abend. Das ist schon fast ein Ritual. Er sagt, das entspanne ihn, reduziere Beschwerden und Ohrgeräusche, nehme alles Negative des Tages weg und mache gute Laune.
Manchmal falle ich von ihm runter und einmal bin ich dabei auf dem harten Boden gelandet. So wurden aus einem Teil wieder mehrere Kleinere. Jetzt hat er zum Verteilen also noch mehr Möglichkeiten.

3. Beispiel eine Anwendung mit drei Steinen:
Eine andere Dame benutzt regelmäßig drei Steine von mir. Sie fängt oft mit dem größten der Stücke an und legt ihn auf die Thymusdrüse, wartet kurz ab bis etwas anzeigt. Meist kommen die anderen beiden auf die Stirn und in den Nacken. Zeigt dann zum Beispiel der Kopf an, nimmt sie wahllos einen davon weg und legt ihn auf den Kopf. Sie benutzt immer nur diese drei Exemplare von mir und verteilt sie so wie sie es merkt und fühlt. Dies funktioniert auch sehr gut.

Ab und zu erhalte ich dann noch eine Behandlung, die ich sehr liebe. Diese ist nicht so schön wie am Anfang beim Aktivieren, aber doch eine gute Alternative. **Ich liebe es, wenn meine Exemplare, egal ob die Großen oder die Kleinen, zum Reinigen unter lauwarmes fließendes Wasser gehalten und dann für mindestens eine halbe Stunde in die Morgen - oder Abendsonne, zum Aufladen, gelegt werden.** Das ist für mich ein wahrer Genuss. Zumal ich mich danach wie neu geboren fühle.

Übrigens ein Stück von mir hat einen ganz besonderen Platz gefunden und zwar in dem BH einer traumhaft schönen Oberweite. Da kann ich jetzt zeigen, wie ich von anderen Menschen entgegengebrachte negative Schwingungen bewusst machen und neutralisieren kann, so dass es mein

Mensch merkt, ihn aber nicht mehr belastet. Denn genau das war das Problem dieser Dame. Entweder fiel sie auf die falschen Menschen, durch deren Getue ihr gegenüber, rein oder sie ärgerte sich über entgegengebrachten Neid und Eifersucht. Mich in ihren BH zu transportieren war ihre eigene sehr wirkungsvolle Idee. Sie meint, so nah am Herzen versetze ich sie außerdem in gute Stimmung.

Dann gibt es da noch eine freche Katze, die mich regelmäßig mit ihrer Pfote vom Tisch fegt. Sie meint, ich wäre ein gutes Spielzeug. Manchmal will sie damit die Aufmerksamkeit ihres Menschen auf sich ziehen, wenn sie mit den geliebten Steinen spielt. Denn von diesem Menschen werde ich geliebt, das spüre ich. Oft werde ich in die Hand genommen und bewundernd wird dabei meine Schönheit betrachtet. So entsteht eine sehr positive Verbindung zwischen uns, wobei ich transformierend wirken kann. Das ist sehr wohltuend für beide. Auch werde ich hier oft zum Meditieren benutzt. Dazu werde ich in beide Handflächen gelegt. So kann ich alles in und um den Körper harmonisieren, sowie neue Impulse und Inspirationen geben.

Ein sehr schönes Erlebnis hatte ich, als ich einmal als Überraschungsgeschenk per Post nach Berlin versendet wurde.
Die ältere Dame wusste zwar, dass ein Paket mit dringend benötigten Medikamenten zu ihr unterwegs war, aber nicht, dass auch ich mitkam. Das Geld für diese teuren Medikamente besaß sie nicht.
In ihrer Not hatte sie davon einer Freundin aus dem Fürstentum Liechtenstein erzählt, mit welcher sie damals gerade telefonierte. Diese hatte ihr dann spontan geholfen und

die teuren Medikamente besorgt, bezahlt und ihr per Post zugeschickt. Zur Unterstützung ihrer Genesung hatte sie ihr dabei auch noch einige Steine und zwei Splitter – Ketten von mir mit in das Paket zu der Arznei gelegt.

Noch nie habe ich so eine Freude über mich erlebt. Das werde ich nie vergessen. Zwei Tage verbrachte ich im Dunkeln auf den Medikamenten (liegend). Als das Paket geöffnet und es wieder hell um mich wurde, blickten mich die strahlenden Augen der älteren Dame an.
"Schwarze Turmaline!" hörte ich sie voll Freude ausrufen.
"Die schwarzen Turmaline kehren zu mir zurück", sagte sie. Ich wurde in die Hände genommen, liebkost und sehr geschätzt. Da wusste jemand um meine Fähigkeiten.
Dieser Empfang machte mich überglücklich. Jemandem solche Freude zu bereiten, ist das Schönste was man je erleben kann!
Und nun erfuhr ich auch noch die dahinter stehende Geschichte, als sie am gleichen Abend wieder einen Anruf von ihrer Freundin aus Liechtenstein bekam. Überglücklich bedankte sich die ältere Dame für die Geschenke bei ihr. Ich konnte alles gut verstehen, da ich als Kette bereits am Hals getragen wurde und außerdem hielt sie mich als kleinen Stein auch gerade liebevoll in der Hand. Die Dame schwärmte ihrer Freundin von mir, dem schwarzen Turmalin, vor und sagte auch, wie überglücklich sie sie damit gemacht habe. Die schwarzen Turmalin Splitter-Ketten ließen sich nämlich trotz ihrer sehr empfindlichen Haut sehr gut tragen, ohne zu kratzen. Ob sie denn überhaupt wisse, was es da für eine Verbindung ihrer Vorfahren zu dem schwarzen Turmalin gäbe, fragte die Dame. Da die Freundin verneinte, erzählte sie ihr diese Geschichte, welche sie von ihrem Großvater erfahren habe.

Damals, als noch die österreichisch – ungarische Monarchie bestand, gründeten ihre Vorfahren eine Firma, welche heute weltbekannt ist. Seinerzeit haben sie noch ausschließlich mit richtigen Edelsteinen gearbeitet. Dazu hatten sie sich einen riesigen Vorrat an schwarzen Turmalinen zugelegt. Dieser Bestand war ein richtiges Vermögen.
Plötzlich waren die schwarzen Turmaline nicht mehr da. Niemand wusste so genau wo sie hingekommen waren. Vermutlich hatte schon jemand den kommenden Umsturz geahnt und dieses Vermögen in Sicherheit gebracht.
Später hat diese Firma für ihre Mitarbeiter und auch für sich selbst Häuser gebaut. Denn mit ihrem nun neuen Geschäftszweig, dem Bleikristall, vergrößerte sie sich schlagartig. Die schwarzen Turmaline gerieten so mit der Zeit in Vergessenheit.
Nach dem Sturz der Monarchie und mit der Gründung der Tschechoslowakei mussten die Häuser dieser Firma weichen. Sie standen alle genau da, wo die Grenze errichtet werden sollte. Also wurden sie einfach abgerissen.
Doch, was man da fand, machte weltweit in der Presse große Schlagzeilen.
Ein Schatz wurde gefunden!
Beim Abriss der Häuser kamen die ganzen schwarzen Turmaline wieder zum Vorschein. Sie waren in den Wänden der Häuser eingemauert worden. Was jedoch die Tschechoslowakei mit diesem Schatz machte, erfuhr man leider nie.

Dies hatte ihr Großvater so berichtet und jetzt sind die schwarzen Turmaline zu ihr zurückgekommen.
Die Freundin aus Liechtenstein und auch ich selbst, sind ganz berührt von dieser Geschichte.

Alles in Allem habe ich bis jetzt nur positive Erfahrungen mit den Menschen gemacht. Ob das wirklich allein an meiner "Lebens – Einstellung" liegt? Ich glaube schon. Meine kühnsten Träume haben sich verwirklicht. Wenn ich überlege, vor ein paar Monaten lag ich noch als ein einziger Fels in der Erde Brasiliens. Jetzt erlebe ich gleichzeitig die ganze Welt. Bin als viele einzelne Teile auf der ganzen Erde verteilt.
Durch diese "Potenzierung" habe ich sogar in dem kleinsten Körnchen mein volles Bewusstsein und kann so im Wasser, auf dem Land und in der Luft wirken. Ich kommuniziere mit menschlichen Wesen aller Nationalitäten, schaue Fernsehen in allen Sprachen der Welt und kann dabei noch viel Gutes tun.

In diesem Büchlein sind sehr viele, jedoch nicht alle möglichen Anwendungen mit mir beschrieben, denn ich bin sehr flexibel und intuitiv einsetzbar.

Ich hoffe, durch mein Wirken den Menschen zu helfen und damit der ganzen Erde und ihren Bewohnern optimal nützlich zu sein.
Bei meiner Reise um die Welt bin ich jetzt schon mit dem Flugzeug, dem Auto, dem Bus, der Eisenbahn und auf dem Schiff gereist.

Ich liebe meine Tätigkeit, schaue positiv in die Zukunft und lebe ganz bewusst im Hier und Jetzt.

Schwarzer Turmalin, Rohkristall:

Meine Entstehungsgeschichte:

Es ist einfach viel zu lange her und ich kann mich beim besten Willen nicht mehr so genau daran erinnern, wie ich eigentlich entstanden bin.
Daher lausche ich ganz interessiert einer Unterhaltung, welche mein Mensch mit Stefan meinem Verkäufer führt.
Er sagt auch, dass keiner so ganz genau weiß, wie wir Turmalinkristalle wirklich entstehen und wachsen. Was er darüber sagen kann, sind auch alles nur Vermutungen. Denn glaubt man gerade, den Vorgang jetzt endlich entschlüsselt zu haben, findet man doch wieder Kristalle, welche neue Rätsel aufgeben.

Uns Turmaline gibt es in allen Farben und auch auf der ganzen Welt. Überall, wo einmal Vulkane tätig waren, kann man uns finden. Wir sind eigentlich Lebewesen, die ganz langsam über viele tausend Jahre wachsen und wie jedes Lebewesen altern und dann auch sterben, uns also auflösen und zerfallen. Wir Turmaline haben sogar einen relativ kurzen Zenit. Über einen gewissen Zeitraum wachsen wir, härten aus und bilden unsere Farbe. Wenn dann dieser sogenannte Oberzeitraum erreicht ist, zerfallen wir auch langsam wieder. Das ist auch ein Grund, warum man uns in so vielen verschiedenen Härten und Zuständen findet.

Dann gibt es auch noch sogenannte Pseudomorphosen. Das bedeutet, ein Turmalin fängt an zu wachsen und dann passiert irgendetwas, zum Beispiel ein Erdbeben oder eine tektonische Plattenbewegung macht einen Magmaspalt auf. Dann kann es zu einer Pseudomorphose kommen, in welcher der Turmalin während des Wachstums die Gestalt eines anderen Minerals annimmt.

Hier zum Beispiel weiß man nicht genau, ob der grüne Turmalin im Entstehen oder im Zerfall begriffen ist oder gar eine Pseudomorphose durchmacht.

Und dann gibt es auch noch die Turmalinbögen. Da bekommt der Turmalin, zum Beispiel durch eine interessante tektonische Plattenbewegung, einen Bruch und wächst dann plötzlich schräg weiter, so wie es ihm möglich ist. Daran kann man dann die "Jahresringe" unseres Planeten im "Großen" sehen. Am Beispiel der Turmalinbögen ist gut ersichtlich, dass, egal wie widrig die Umstände auch sind, wir auf jeden Fall fertige (vollendete) Turmaline werden möchten. So gibt es sehr viele unterschiedliche Methoden, die unser Wachstum betreffen.

Schwarzer Turmalin in Quarz

Stefan Rojas erzählt gerade, dass wir Turmaline in dem sich langsam abkühlenden Magma, welches nicht an die Erdoberfläche gelangt ist, entstehen. Die Färbungen entstehen durch die enthaltenen Mineralien. Wir sind eine nichtmaterielle, eine Art energetische Form, die sich genau in die Gegenden reinsetzt, wo sie die besten Möglichkeiten zum Wachsen vorfindet. Wir würden dann innerhalb dieses Radius einfach alles aus unserer Umgebung zusammenziehen, was wir bräuchten, um genau die Form zu bekommen, die wir haben wollen.
Wir wachsen meist auf Quarz, aber auch auf Feldspat und kommen sehr gern in Kombination mit Muskovitglimmer und gelbem oder violett-rosafarbenem Sternglimmer vor.

Schwarzer Turmalin mit Glimmer und Quarz.

Bei unserem Wachstumsprozeß fließen unterschiedliche Mineralien in uns hinein. Hört einmal der Zufluss auf oder ändert sich, hören wir entweder auf mit Wachsen, bekommen eine andere Farbe oder wandeln uns in etwas anderes um. Je nachdem wie unsere Nährflüssigkeit zusammengesetzt ist, bilden sich unsere Farben. So entsteht das unterschiedliche Farbspektrum. Ich, der Schwarze Turmalin, enthalte alle Farben, ich muss demzufolge in einer Masse gewachsen sein, in der alle benötigten Nährstoffe vorhanden waren.

Schwarzer Turmalin mit Glimmer.

Teilweise würden wir Turmaline in richtigen Strahlenaggregaten wie Turmalinsonnen wachsen, so Stefan Rojas. Diese befinden sich oft auf Schieferplatten und haben einen Durchmesser von bis zu fünf Metern. Folgt man dann dieser Schieferader und stößt auf Glimmer, kann man ziemlich sicher sein, in dieser Ader auch fertige Turmaline zu finden. Meist findet man da das ganze Farbspektrum kombiniert, oft aber auch nur eine Farbe, zum Beispiel nur schwarze, grüne oder rosa Turmaline.

In einer Mine in Brasilien wo hauptsächlich Lemurquarz zehn Meter tief im Lehmboden abgebaut wurde, lief diese einmal mit Wasser voll. Die Pumpen schafften es nicht mehr, das Wasser raus zu pumpen. Da haben die Bergleute dann zwischenzeitlich einfach mal in ein bis zwei Meter Tiefe seitlich rein gegraben, um zu schauen, was da drin ist. Da fanden sie Naturcitrine und Rauchquarze, die mit kompletten Turmalinen durchwachsen waren. Die Turmaline waren armdick in blau, grün und rosa. So, und damit haben wir den Menschen wieder neue Rätsel aufgegeben.

Auch hat man mal eine große Bergkristallspitze gefunden, durch die eine komplette Turmalinnadel gewachsen ist.

Oder Phantome. Es kann auch sein, dass ein Bergkristall erst so drei bis vier Zentimeter wächst, dann ein Bruch einen Spalt öffnet und die Nährflüssigkeit des Bergkristalls abfließt. Von oben fließt etwas Neues nach und dann wachsen plötzlich Turmaline auf dem Bergkristall oder drum herum. Diese wachsen wieder eine Zeit lang, bis es wieder zu einem Bruch kommt und die Nährflüssigkeit der Turmaline ausläuft. Erneut kommt Flüssigkeit für den Bergkristall rein, so dass dieser wieder weiterwachsen kann. Damit schließt der Bergkristall die Turmaline in einem Phantom ein. Man sieht dann einen kompletten von Turmalinen durchwachsenen Bergkristall.

So werden wir Turmaline auf traditionelle Art abgebaut:

In den entlegenen, unwegsamen Gebieten Brasiliens findet unser Abbau noch in jahrhundertealter Tradition statt. Meist sind es ganz kleine Familien, die das schon seit einer Ewigkeit so machen. Stefan Rojas kennt viele dieser Familien persönlich und war auch schon selbst bei unserem Abbau dabei.

Bevor sie an einer Stelle anfangen zu graben, schauen sie sich das Gelände erst einmal ganz genau an. Sie wissen welche Pflanzen ausschließlich auf einem gewissen Glimmerschiefer wachsen. Um uns Turmaline zu finden, ist nämlich eine ganz spezielle Glimmerquarzschicht notwendig. Dieser Ader folgen sie dann stufenweise nach unten.

Finden sie dann sogenannte Quarzeier, brauchen sie diese nur zu öffnen. Oft kommen wir dann massenweise als Kleinturmaline in wunderschönen Farben, natürlich auch in Schwarz, zum Vorschein.

Der Abbau richtet sich dann danach, wie verwachsen wir sind. Können die Leute uns mit dem Pickel herausschlagen oder müssen sie uns aus dem Gestein heraussprengen?
Danach werfen sie das ganze Material mit der Schaufel Stufe für Stufe nach oben. Im Freien angelangt, werden wir von Hand aussortiert.

Die Familienmitglieder teilen sich für diese Arbeiten auf. Wer oben den Abraum nach uns Turmaline und anderen Mineralien aussortiert, sitzt im Schatten bei 45 Grad mit einem Blasebalg, welcher von einem uralten Fahrrad angetrieben wird.
Ein Familienmitglied ist ausschließlich damit beschäftigt, den Meisel zu klopfen, damit er immer scharf ist. Die anderen Mitglieder sind nach unten auf den jeweiligen Stufen der Mine mit den Schaufeln verteilt. Je weiter man ins Erdinnere kommt umso heißer und unerträglicher wird es. Ganz unten beim Abbau beträgt die Temperatur zwischen 60 und 75 Grad Celsius mit einer sehr hohen Luftfeuchtigkeit.

Stefan Rojas war selbst da unten und berichtet, dass einem da nur noch der Schweiß in Strömen herunter rinnt. Er bezeichnet dieses Arbeitsklima als absolute Grenze des menschlich Möglichen.

Doch in diesen unzugänglichen Gebieten, wo noch nichts von unserer modernen Welt zu spüren ist, möchten diese Familien auch weiterhin ihre jahrhundertealte Tradition bei unserem Abbau fortsetzen. Sie kennen nichts anderes und leben im Prinzip nur für uns Turmaline, damit wir in die Welt kommen und unsere Aufgaben erfüllen können.

Dafür möchte ich mich hiermit ganz herzlich bedanken!

Fotos Seite 53, 54, 55, 56 und 57: Stefan Rojas,
Firma Edle Steinewelt, Euro Brasil Import KG, Wielenbach

Turmalin mehrfarbig, Rohkristalle:

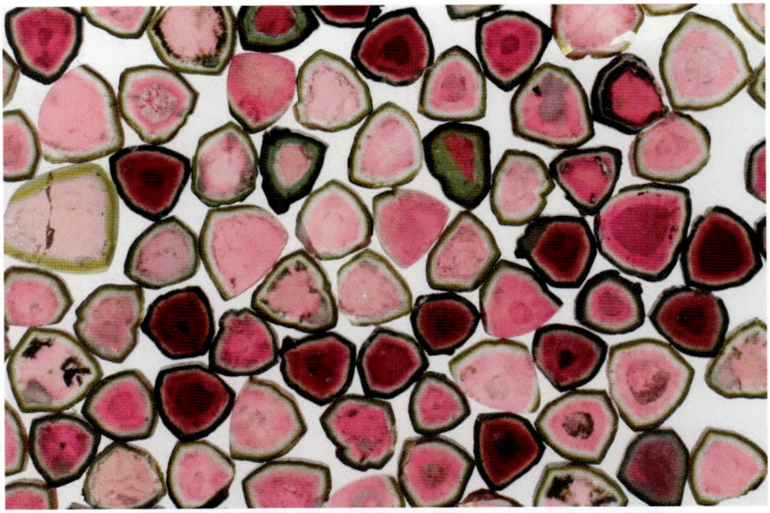

Wassermelonenturmaline (Foto: Euro Brasil, Wielenbach)

Turmalin blau (Foto: Euro Brasil, Wielenbach)

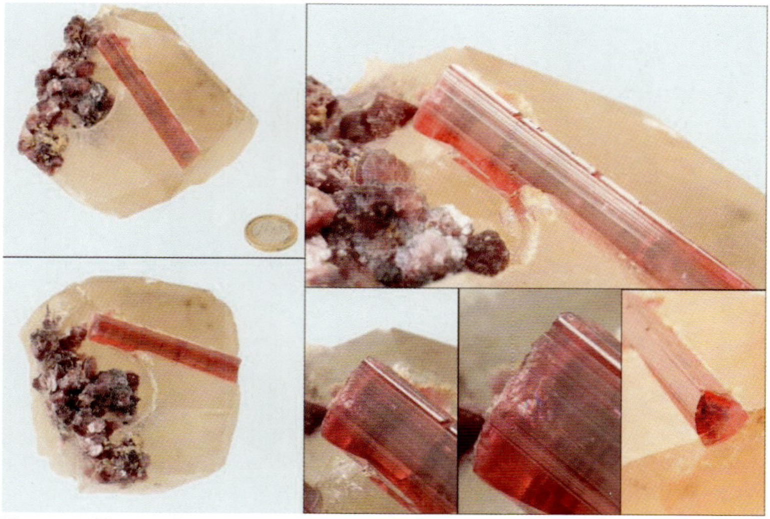

Turmalinstufe rosa (Foto: Euro Brasil, Wielenbach)

Turmalinstufe mit Mohrenkopfturmaline
(Foto: Euro Brasil Import KG, Wielenbach)

Stichwortverzeichnis der Anwendungen:

Verlagsadresse:

Wittgenstein Verlag
Schloßplatz 3
86685 Huisheim

Tel. 09092 / 911570
info@wittgenstein-verlag.de
www.wittgenstein-verlag.de

Wittgenstein Verlag